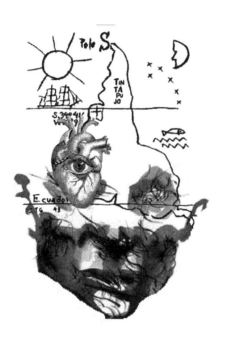

DECIR(ES) AJENO(S)
© 2025: ANTOLOGÍA DE POESÍA ARGENTINA
Sello Editorial Gato en tinta por Tintapujo

Edición: Floriman Bello Forjonell
Dirección Editorial: Rodrigo Acosta Oviedo
Coordinación Editorial: Brisa Barreto Pereira

WhatsApp: +569 30149218
Concepción - Chile

Todos los derechos reservados.
Esta publicación no puede ser reproducida ni en todo ni en parte ni registrada o transmitida por un sistema de recuperación de información, en ninguna forma ni por ningún medio sea mecánico, fotoquímico, electrónico, magnético, electroóptico, por fotocopia o cualquier otro sin el permiso previo escrito por el autor.

 p-oemese

Hecho en Chile - Made in Chile

DECIR(ES) AJENO(S)
ANTOLOGÍA DE POESÍA ARGENTINA

TIN
TA
PU
JO

PRÓLOGO

En estas páginas confluyen geografías, historias y sentires que dibujan un mapa poético tan vasto como nuestra tierra misma. "Decir(es) Ajeno(s)" nace como un espacio de encuentro entre voces que, desde sus orillas únicas, susurran y gritan las complejidades de ser, migrar y habitar. Este fanzine es un homenaje a la pluralidad, una celebración de las palabras que cruzan fronteras físicas y emocionales, borrando los límites para revelar las infinitas formas en que nos conectamos como artistas.

Acá la voz de quienes nacieron en la tierra Argentina y lxs que llegaron desde otras latitudes se entrelaza con las raíces más profundas de nuestra identidad local, creando un diálogo que enriquece y desafía nuestra manera de ver el mundo. Cada poema es una invitación a escuchar las resonancias de lo propio y lo ajeno, a mirar con ojos nuevos lo que siempre estuvo frente a nosotros.

Ha sido un privilegio acompañar ese proceso y descubrir en cada autor y autora un universo distinto y, a la vez, sentir la fuerza de lo colectivo que late en esta obra de Tintapujo. Que este fanzine no es solo un libro, es un puente entre realidades, un eco que perdurará más allá de estas páginas.

Gracias Flori y Rodrigo por esta oportunidad.
Tintapujo lo ha vuelto a hacer, que lo disfruten...

Brisa Barreto Pereira
Coordinadora en Argentina

NOS DECLARAMOS EN HUELGA DE LO TEDIOSO

LA POETA QUE SOÑABA PUENTES

Viaja por una provincia que no conoce

Sube a todos los micros
que la lleven a algún lugar desconocido

Se adormece durante el viaje

Sueña un puente
aún no construido
Saca su celular del bolso
para fotografiar ese instante

Sueña al poeta
Le describe ese puente sofisticado
Envía la imagen

Desde lejos se ve
parecido al vapor
esfumándose

Los pájaros se posan sobre él

Resaltan los colores rojo y gris
con enredaderas de cable
que se entrecruzan
como una jungla de modernidad

Piensa que se parece
a los de California
aunque no los conoce

Despierta del sueño
y se obsesiona con encontrarlo
en algún lugar que sea real

Algunas veces no distingue
sobre qué lado de la orilla
se encuentra parada

Sabe que algo cambió en ella
una conexión intangible
entre dos mundos
unidos por el viento.

ORÁCULO

Sueña tragedias
no distingue si son recuerdos del pasado
o una suerte de alerta
anticipando lo que vendrá

Le gustaría no soñar

Para explicar sus predicciones
imagina que en alguna de sus vidas
fue sacerdotisa
en el templo de Delfos.

Se ríe de sus propios pensamientos
descartando rápidamente
sus ideas
porque no soporta
los fundamentos de sus visiones.
Quiere apagar todas las voces.

No se permite dudar
Sabe con certeza
que la única vida
y real es esta

Aunque cada vez que cierra los ojos
el Oráculo le advierte el devenir
como aquella vez
que soñó la muerte hablándole

Se despedía a orillas del mar
Luego padecía el insomnio por largas horas
hasta conformarse conciliando el sueño
para volver a dormir

Quizás como en
una cinta de moebius
el Oráculo
sea ella.

MICHAELA OSORIO

@micha.ela.osorio

Nació en Viedma, Río Negro, Argentina, (1994). Es docente de Nivel Inicial y estudiante de la Licenciatura en Psicopedagogía en la Universidad Nacional del Comahue.

Escribe desde niña, se formó en distintos talleres de escritura con escritoras de la talla de Elsa Osorio, Liliana Campazzo y Nina Ferrari. Cree en la escritura como herramienta para la transformación y el cambio social.

Ha publicado sus escritos en antologías locales *Letras de la Comarca* (2014) y en la antología *Primer Piso* (2018), Producción del Taller de Escritura Creativa. Su primer poemario *Voz en Off* (noviembre 2023) Halley Ediciones.

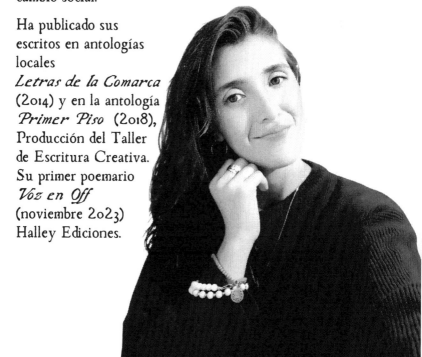

Viajando...
en un día caben mil vidas.
Agradezco llegar a cada destino
(metamorfosear) y partir.

Los ritos son inevitables...

Esta vez
las raíces crecen hacia adentro,
me recorren el cuerpo
como aquella viajera
que peregrina el lugar
que más la enamoró.
Cada escenario me revela algo de mí..
(me gustan esos que tienen montañas de fondo,
que perfuman la carpa)
Y cada encuentro humano
moviliza el sensor compartido..
(las uñas largas para rascar al ternero
y para tocar la guitarra con vos)

Amistades fugaces,
tan reales como esa mirada compasiva
entre confesiones nocturnas
y mate.

Diamantes puliéndose,
mediante el desapego,
la voluntad
y el amor verdadero.
La vivencia es divina y expansiva,
porque de cada hoguera encendida colectivamente,
me llevo a mi hogar
una chispa de unidad.

LUCIA BAGNASCO

@lucia.bagnasco

Flores, Buenos Aires (1995)
Masoterapeuta, dedicada a explorar y aprender sobre el cuerpo humano y la sanación a través del abordaje corporal-holístico. Su pasión son los masajes, bailar y la poesía. Su pasión son los masajes, bailar y la poesía.

Se ha formado en Trabajo Social y considera importante la dimensión política en todo lo que hace.

Viajó de mochilera por Argentina, Bolivia y Perú. Una experiencia que transformó su forma de ver y estar en el mundo. Este poema nace en Córdoba, en el voluntariado de una Granja. Allí, compartiendo entre animales y humanos, sintió aquello profundo que nos une.

HOGAR

Hay noches
en donde tu recuerdo
se torna insoportable
y la garganta
no deja de quemarme.

Mi pecho
todavía siente
las flechas
con las que atravesaste
una parte de mi alma.

Y cada vez
que te hacés presente
de alguna manera,
aquellas partes
que tienen un pedacito tuyo
todavía me queman,
todavía me arden.

No logro entender
cómo en tan poco tiempo
lograste alterar mi existencia
de esta manera.

Pero ahora que hace frío
y la hoguera en la que ardíamos
se volvió ceniza,
caigo en la cuenta
de que los dos supimos ser
el abrigo del otro.

*¿Cómo no extrañar
a quien sentí hogar
de mis miedos y heridas?*

¿Cómo no anhelar
el fuego de tus brazos
cuando me encuentro
por todos lados
con tus cenizas?

Y cada vez que intento
abrigarme con los recuerdos
de lo que un día fuimos,
entiendo que
cuando sentimos a alguien hogar,
la mudanza, aunque necesaria,
se vuelve exilio.

PORQUE INEVITABLEMENTE
UNA PARTE DE NOSOTROS
VA A QUEDAR EN ESAS TIERRAS.

Y AUNQUE EL TERRENO ESTÉ
CONSUMIDO POR EL FUEGO,
NO SIGNIFICA
QUE SEA FÁCIL DEJARLO IR.

TESORO PIRATA

Encontrar algo permanente
en un mundo tan efímero
es como encontrar
un tesoro pirata
en el medio de una playa desierta.

Hace rato
estoy siguiendo las pistas.

Sin embargo,
todos los cofres que encuentro
aparentan tener oro
pero están repletos de ropa vieja.

*¿Será que tengo
el mapa correcto?*

Quizás el problema es
que estoy buscando
en tierras equivocadas.

MARÍA SOL MARTÍNEZ

@almacolorcafe / @solcito_martinez

Nació el 2 de febrero de 1997 en Buenos Aires. Si bien desde chica sintió un fuerte interés en los libros y la escritura, fue recién a sus 19 años que empezó a escribir poesías como una forma de poner en palabras su sentir e intentar ordenar sus pensamientos. En 2017, se animó a compartir por primera vez sus poemas en un blog y, posteriormente, decidió crear una cuenta en Instagram para tener más alcance. Desde ese entonces, la escritura se convirtió en una de sus grandes pasiones y en una herramienta de terapia que la acompaña día a día y la ayuda a ordenar su mente. A través de versos, Sol se sumerge en las profundidades de las emociones y pensamientos, para dar luz a lo que se esconde detrás de ellos.

se desnuda el sol
guarda de a uno sus rayos
azules
uno a uno
el escalón que subo
frente al mar

piedra y arrecife

me atraviesa una doble turbulencia
atracción de cuerpos por contacto

despedida eterna
soy
el borde de un
recuerdo

con los ojos chinos
voy y vengo
entre los poros de tus brazos
los pelos suaves

no sé bien hasta dónde es mí
cuerpo el que se nombra
estoy aquí y estoy allá

en una tierra múltiple sin dueño
no hay de la montaña palabra

nombrar hace que arda
y si ardo y
me prendo
de fuego entero

el mundo conoce mi coraza

razón de amar
esta membrana que se afecta
elijo creer
aunque no alcance

temo mirar de frente
que el cristal de mis ojos
se q u i e b r e

inútil
a tus pies
no tengo

más tierra que la que me habita

temo mirar y verte
en tu placer
pensando *en él*

que mis paisajes se desaten
sobre el duelo
y la confianza se haga calle
sin salida
barro
o ruta nocturna
ya no soy
propio
en esta ciudad
vago
entre instantes sin suelo
bebo
del silencio de tu boca
tu lengua
suave y confundida
peco
por mirar y verme
igual
a la ladera derruida

atónito frente a
la ola que
nos r o m p e
suelto
esta c a r i c i a

el mar
come de la espuma
al ras de la roca que la esconde
y ahí
en la bruma detenida
mi corazón cabalga por la arena

jugás con la noche a tu sonrisa
a la sal que edifica
nuestra pena
arquitectura de labios
hechos p o L v o

*migrar es
perder todos los
bordes.*

URÄN

@evirulix

Es Licenciade en Ciencias de la Comunicación Social (UBA), guionista y redactor creativo. Se define como poeta autoinmune, investigadore somático y gestore cultural.

Ha publicado en diversas antologías y revistas como Los Trapos y Funga Editorial. Su compilado Todavía la sal y su relato Tu bata de satén fueron seleccionadas por Flor de Ave Ediciones.

Su videopoesía El jardín de les picaflores fue exhibida en la Muestra Digital de Artes y Letras.

Desde Limítrofe Productora, gestiona espacios de investigación sobre cine de danza. Formó parte del Laboratorio Performático El Deseo Hecho Acción, donde presentó Botánicas del cuerpo en el Centro Cultural Haroldo Conti. Actualmente, investiga los cruces entre danza, emociones y síntomas.

SECUOYA

Una secuoya
dice
que entre sus ramas milenarias,
en su abrazo extendido
caben mis memorias.
Nací dos veces
no tengo huellas de la primera,
-8:45 hs de un jueves de luna nueva-
tampoco de la segunda,
nevó tanto
que recordé la tormenta
cuando abrí los ojos.

Desde entonces
devengo montaña
verde que te quiero verde
como dice Federico.
Leo cuerpos
sin que sean arrojados al vacío,
escucho en los pliegues de las articulaciones
dolores y sinsentidos.

Todos los noviembres
florece el jazmín del cabo
junto con mi amor.

Con la sopa de letras en mis manos
camino hasta el lago Lacar,
cruz del sur de mis pensamientos
y norte de mi esperanza.

El viejo muelle cruje bajo mis pies
entre las maderas dejan talladas
los enamorados sus eternidades.

Encuentro mi nombre,
me detengo a imaginar si fue él.

En el año en que nací
otras once personas recibieron
las mismas cuatro letras,
corto, fácil de recordar.

De chica, lo buscaba en las pulseritas y tarjetas.
Nombre, name, nome, nom, nam.

Lara infinita está en el grafiti de la esquina
con mi asombro igual de gigante,
en una cerrajería y en la hija de una amiga,
son como espejos multiplicándose.

*El viento me enreda
pasa silbando susurros entre mis oídos,
el aire es plateado, tan frío.*

Las montañas tienen nombres prestados,
Comandante Díaz, Curruhuinca.

¿Quién las nombró por primera vez?

Veo un cortejo de árboles antiguos, ñires y
maitenes, toco la corteza del arrayán
sus raíces viven del deshielo
igual que mi corazón.
El lago Lacar no duda en extenderse
en azul medianoche.
Hay una inmensidad difícil de nombrar.

Pasa una gaviota, gaviota, gaviota, vals del equilibrio canto con Silvio.

Otra vez, parece que siempre estoy volviendo pero no,
el eterno retorno se parece a mi cuerpo
hecho un caracol.

Soy este nombre hecho historia y cuerpo,
tengo el paisaje pegado en la piel.

LARA FORTINA

@larafortinayogayescritura

Es escritora y profesora de Yoga. Nació en primavera, en San Martín de los Andes, provincia del Neuquén. Actualmente vive en Rio Ceballos, provincia de Córdoba, Argentina.

Publicó Vida Cotidiana (Halley ediciones, 2023) 10 poemas Ediciones_emeDN noviembre 2023 Argentina/Uruguay Notas para una práctica diaria de Yoga Revista en red, (España 2023) Colaboración poética en las revistas: Iguales vol 2#1, México; Jauja número 2 Chile, Rabiosa Metamorfosis número 7 UNL, Argentina.

I

Intento erguirme
en medio de la ciénaga
mantener los pies firmes
en la hojarasca del tiempo
donde me hundo
y aprendo a nadar.

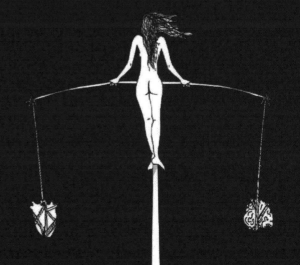

II

DAME UN SUEÑO,
YO LO CARGARÉ
EN LAS FALDAS DEL MONTE.
LE CONSTRUIRÉ UNA CASA
CON MIS MELODÍAS
Y SEMBRARÉ EL AMOR
PARA QUE NUNCA
SE VAYA.

ELIZABETH CAPPIELLO

@elizabethmaro1

Es docente, lectora, amante de los gatos, la pintura y el café. Nació en Villa Caraza, Lanús.

Actualmente vive en Palermo, pero siempre que puede vuelve a su casa donde la esperan un jardín enorme y repleto de plantas, su abuela y el olor a tierra mojada que solo se siente en el sur.

Hace un año, sintió la necesidad de explorar su vocación más allá del aula. Publicó su primer poemario, MINIMAL (Halley Ediciones) y este año espera la llegada de FUGACES, su primer libro de poemas ilustrado. Hoy, gracias a Tintapujo, sus poemas recorren Argentina y Latinoamérica.

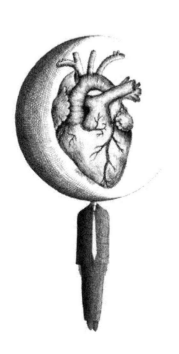

Es de noche
la noche
la noche me persigue
corro tras el sol
pero se esconde de mí

el mundo gira
demasiado rápido
su ritmo
deja atrás
mis días
mis mejores días

todo futuro
fue siempre mejor
que el tiempo pasado

¿y el ahora?

busco tras una fina capa de nieve
desesperado
inquieto
por saber
si encontraré
tus ojos

¿ tendrás la misma mirada?

el silencio
se hace costumbre
los miedos no saben qué decir

yo los observo
desde las esquinas de mi barrio
y de los 43m2
que ya no sé como caminarlos

reinventarse
fue siempre mi asignatura favorita

cortarme en partes
para poder armar
una nueva pieza
una nueva obra

cuarto oscuro
donde revelar
nuevas partes
de mí

vuela cabeza
vuela corazón

¿será suficiente el frío
para detenernos?

COORDENADAS

aire dame viento
tierra dame suelo firme
pasos denme caminar

agua dame angustia
donde ahogar
vaso dame vacío
para habitar

mirar dame observar
tristeza para gritar

boca sucia
limpia el alma
de tu callar

silencio oscuro
sombra amiga
cuenta los secretos
del más allá

donde no hay sendero
en el misterio
el mapa en blanco
habla en líneas punteadas
los pasos a continuar.

12 DOSIS

@12.dosis

12 dosis (1995, Córdoba, Argentina), estudia Economía en la Universidad de Buenos Aires y paralelamente desarrolla, de forma independiente y autodidacta su carrera como músico y poeta. En el año 2o23 ha participado, gestionado y colaborado en diferentes ciclos de poesía del under porteño Samarcanda, Ciclo de Arte La Colmena, Exquisito Cadáver y Materia Oscura. Su trayectoria es joven, llena de ímpetu y deseo por explorar caminos distintos a los transitados.

IDO

Mira lo que vino trayendo la lluvia...
Lejos de perder el horizonte,
se me escapan dudas
de mi noche ausencia.

¿Qué acontece en el mundo de tus ojos?
¿Eclipse?
¿Lluvia feliz?
¿Amanecer exhausto?

Cargo una guitarra al hombro,
le falta el sol,
perdió su luz.

Tu cara es el logotipo de la sensualidad
que escribe belleza con párpados nublados.
La mía es el sueño quieto
que grita desde las tundras.

*Tengo que levantarme temprano
para no fundirme en el olvido.*

Pero el insomnio realiza partidas de ajedrez
con mi mente prosti puta.

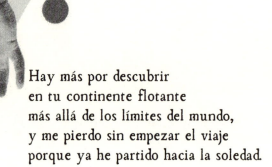

Hay más por descubrir
en tu continente flotante
más allá de los límites del mundo,
y me pierdo sin empezar el viaje
porque ya he partido hacia la soledad.

Ya he jugado al camino pintado
en el desorden sangriento
de mis días precarios.

*Ahora soy sólo un nombre
en las hojas dichas del viento.*

El pensamiento de un ave
que pasa por los recuerdos
de un amor duplicado en Marte.

He de construir mi camino de barro
con los años de mi vida.

Créeme cuando te digo
con los sonidos de la mañana
que ya soy eso que camina en la noche
perdido en el olvido
buscando eternamente mi camino a casa.

HOJAS EN BLANCO

Somos hojas en blanco atrapando
las palabras de un viaje,
como insectos pegados al vidrio
de un auto en huida por la carretera.

Las heladas formas
han deshojado
los árboles en celo
permitiéndome amar aún más
tus jugosas frutas que bailan con el viento.

Tácito turno de enhebrar la aguja
que cose los paisajes para unirlos
con nosotros dos para siempre.

JUAN ROUZEK

@juanrouzek

Nació en Santiago del Estero (Capital). En la primaria empezó a dibujar. Después de los 18 aprendió a tocar la guitarra y unos años después a componer letras y música.
Desde los de los 30 en adelante empezó a escribir poesías.
Es hijo del poeta y escritor santiagueño Hugo Orlando Ramírez.
Juan se dedica a editar videos, sacar fotos y a producir, además de mezclar su propia música como también a solistas.
Es artista callejero.
Organiza el ciclo de arte El show de Mr. Lobo y el Slam Team.
Se presentó en diferentes eventos artísticos así como radios y un programa de televisión digital en San Telmo.

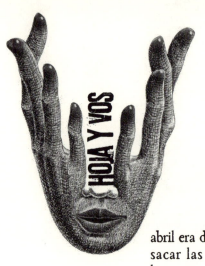

abril era darte un beso
sacar las telarañas del pelo de
los perros
cumplir con cada meta, de
cada año, de cada sueño
y quedarme dormida sobre tu
pecho.

abril hoja, vos y yo
abril quedarse
abril un hueco en tu ventana
rota
siempre un sueño
abril amor, calor, color
comienzo de era
del tiempo
un cuento
eterno

y comieron perdices.

abril, vos, hoja y yo
abril hoja siempre hoja
abril vos siempre vos
no sé si abril y yo.

¿y si el beso era fantasma?
demasiado ensueño
muy rápido
como toneladas sobre mi pecho
¿y si ya no era suficiente el calor?

¿y si la lluvia se llevó todo puesto?

vos fuiste otoño antes de tiempo.

entonces que existan solo 11 meses
y que se terminen los cuentos
antes del *felices para siempre.*

que no caigan más hojas
que vuele el viento
que se quede todo quieto.

porque yo tierra
agua
flor
raíz
yo cemento
septiembre
octubre y noviembre

entonces
vos
abril vos
abril hoja

abril yo, ya no.

EMPIEZA A LLOVER

lloro un poco, de a poco
el agua: de mi cara a los pies.
creo que no puedo ver
se nubla: el cielo y la vista
no hay pista
que me diga dónde estás.
cae de a poco
el cielo
todo roto
los bailes y las canciones que se mezclaban
color morado, tinto
y rojo
todo era un sueño
despierto

no te veo
no te reconozco
no me conozco

¿te acordas de esa primera vez?

te di la mano y me diste un beso
yo pensé que ya no habían de esos
mis labios nerviosos mordían tu piel
nos mirábamos en el espejo de mi pieza
pensé que nunca más nos íbamos a ver
ya sabes
historias con un sólo capítulo
no me confundí mucho: fueron tres
el bueno, el malo y el feo
mi ventana ya tiene calma
se fue el viento que le pegaba

no hay sol, pero
de a poco tampoco
dolor.

PAULA KERSUL

@plausri

Desde gestora cultural a armadora de cigarrillos profesional, Paula Kersul es la chica multifacética. Poeta, amiga, militante por los derechos humanos y lgbtq+, hija y hermana, fotógrafa, artista. La lista de lo que la hace ella es interminable, pero es por eso que la cordobesa afincada en CABA es una persona a la que realmente vale la pena leer y escuchar. Aunque todavía joven (nacida en el 2001), las historias de la poeta son muchas, su vida la llevó por todos lados y la cruzó con mucha gente. De Jesús María para el mundo, Paula Kersul.

Ill.mo Sig.re Sig.re Pron Col.mo
Il Sig.r Emilio Della-Nave Auditore nel
Tribunale di 1ª Istanza di
Volterra

Alla Signora
Sig.ª Guglielm.
Lanzarotti

A Julio Cortázar

OLIVERIANA

Me sacacorchos,
me zapateo y desdeseo,
me desdoblo y desduelo,
me sopapeo y exilio,
me peritoneo,
me desfondo y desadjetivo,
me desclavo y desexo,
me despersonalizo,
me acróstico caligramático,
me desdigo,
me desacredito en cuotas fijas y a saldos,
me deserto y multiplico,
me desbarro y descuelgo,
me desoigo y copio,
me despalpo y desfraseo,
me kafkianizo y borgeo,

y mapeo este proema desoxigenado
como un ronquido lento frente al espejo.

LA AVARICIA DEL LENGUAJE

Yo tengo la avaricia del lenguaje
Inés Manzano

Hoy sin vos amanecí más viejo,
menos certeza,
más garganta sin habla,
más espina que pétalo,
más ojo de sombra
que aguja de asombro,
con la avaricia del lenguaje
quemándome los labios
para nombrarlo todo,
o en el intento,
traducir un fragmento
de la gravedad del silencio,
atornillada la noche
al recuerdo de una copa de vino,
cortada a cuchillo
la lengua del viento
cuando atraviesa
la piel de bonsái del ocaso.

DARÍO OLIVA

@dario.oliva_poesiafusion

Escritor nacido en Villa Mercedes, San Luis. Jurado de certámenes literarios, coordinador de talleres de creación literaria y gestor cultural. Publicó: Epígrafes (2008); Breviario (2011); Eco-Grafía (2013); Cronopias, (2014); Fuga de Luz, (2015); El laberinto de Proteo (2016); Lengua rota (2017); Lo que aturde (2017); Preguntas muertas (2019); ¡Qué Sé Yo! (2020); La pipa de Magritte (2023); la avaricia del lenguaje (2023); Furiosa esquina (plaquette, 2024); con vista al patio (fanzine, 2025); y Crónicas del Zaguán (fanzine, 2025).

Actualmente trabaja en la Biblioteca Pública Municipal, *Ana María Ponce* del Centro Cultural *José La Vía* de la ciudad de San Luis.

LA BELLEZA

Detesto el gesto aciago
del neón, la saturación
de nuestro cuerpo,
el cansancio sometido
de nuestra percepción,
el sueño desarmado
cuando sale el sol

la oda a la piel filtrada
como una capa contra el miedo
contra el frío en los huesos
de lo bello

detesto la belleza
que no se ama
sin pedir nada

un terremoto es bello
como bello es un cadáver amado,
hay tanto de bello en el llanto silente
y cuanta lumbre en los insectos,
son bellos los amaneceres, es cierto,
pero también la plena oscuridad
del lugar donde alguna vez
murieron canarios y mineros,

es bello un abismo y un espejismo
como bello es caer en los ojos
que desconocen su profundidad

es bello, todo bello
pero en esto
ahí no hay nada
nada de esta belleza
de este tiempo

la belleza
de este tiempo es siempre
una suerte, una ventaja
comparativa ante los demás

estadísticamente
a la belleza le va mejor
en este tiempo,
garantiza un trato humano mejor sueldo
sonrisas amables de los guardias
visualización y simpatía
conmiseración y caridad

este mundo se ha hecho
al servicio y a favor
de los bellos
yo imagino un mundo
mejor.

SAMIR MUÑOZ GODOY

@cachaipoesia

Chileno, poeta, docente y editor oriundo de Santiago, vive en Buenos Aires. Ha publicado *Nocturna* (2012), *Camino a la costa* (2020), *Tradición y Cover* (2021) y *Cualquiera es poeta* (2024) junto a un disco homónimo hecho con inteligencia artificial. Orquestó el poemario digital Abro hilo para contar mi experiencia. Participó de la antología BLOQUE (2016). En 2020 fue uno de los ganadores del concurso Poesía en viaje (Chile). Ideó y gestionó la creación de *Por el camino de Puan* en la carrera de Letras de la UBA. Encabeza Meta Editora.

Todo el mundo cree que
　cuando anda por la calle
　todo el mundo lo mira,
　Pero como todo el mundo cree eso,
　nadie mira a nadie.
　En realidad, en la calle,
　todo el mundo solo se mira a sí mismo.

Todo el mundo cree que
　en las redes sociales
　todo el mundo lo sigue,
　Pero como todo el mundo cree eso,
　nadie sigue a nadie.
　En realidad, en las redes sociales,
　todo el mundo solo se sigue a sí mismo.

Todo el mundo cree que
　cuando habla por ahí
　todo el mundo lo escucha,
　Pero como todo el mundo cree eso,
　nadie escucha a nadie.
　En realidad, donde sea que se hable,
　todo el mundo solo habla para sí mismo.

Todo el mundo quiere que
   todo el mundo lo quiera,
   Pero como todo el mundo quiere eso,
   nadie quiere a nadie.
   En realidad,
   todo el mundo solo mendiga afecto para sí mismo.

Todo el mundo quiere que
   a todo el mundo le importe lo que le pasa,
   Pero como todo el mundo quiere eso,
   a nadie le importa nada.
   En realidad,
   todo el mundo solo quiere imponer su importancia.

Todo el mundo espera que
   todo el mundo contemple sus problemas,
   Pero como todo el mundo espera eso,
   nadie contempla nada.
   En realidad,
   todo el mundo solo contempla sus propios problemas.

Todo el mundo se cree
   el ombligo del mundo,
   Pero como todo el mundo cree eso,
   no existe mundo sino ombligos.
   En realidad, para seguir vivos,
   todo el mundo debería cambiar ombligo por mundo.

RELOJ

Otro, otra, alguien, algo.
Todos los demás.
Nosotros...
Vínculo fundado en la sanación
sin que lo supiéramos hasta muchos años después.

Aunque para sanar,
el camino fue nadar en heridas,
en vacíos, en los golpes de allá atrás.
A veces maquillado de Amor
muchas otras solo por Amor.
Siempre el Amor en los vínculos fundados
en la sanación.

Problemático, hiriente a primera vista
aunque solo era espejo del interior.
Problemático, hiriente, doloroso,
pero un enorme sanador.
Y esta vez es real
no sos vos, soy yo
no soy yo, sos vos.

Espejo.
Aquel reloj colgante que nos unió.

Ojalá que podamos celebrar más adelante
el haber sanado los dos
aunque tengamos las rodillas ardiendo
y los codos todavía peor.

El objeto es un antiguo reloj colgante.
Péndulo que nos espeja no solo dolor.
En él el tiempo avanza, pero a un pulso
hipnotizador.

*No perdona mientras señala
más de una dirección.*

Sostenido por su cadena
nunca se detiene nuestro reloj.
En él el tiempo avanza
y en su vaivén no parece tan tajante
(ni tan sanador)
pero el tiempo es tiempo más allá de su reloj.

ESPERO QUE NO SE DETENGA AHORA
DESPUÉS DE HABER PAGADO EL COSTO.

ESPERO QUE HORA NO IMPLIQUE PERDERNOS
POR EL HECHO DE HABER SANADO UN POCO.

GRILLO FASSI

@proyectonumen / @elgrillofassi

Artista de la vida. Teatrero, escritor, gestor cultural. Nacido en San Francisco, Córdoba, vive en Buenos Aires desde el año 1999. Si bien escribe desde hace más de 23 años, en pandemia crea "Proyecto Numen" un espacio impulsor y creador de proyectos colectivos y autogestivos que abarca áreas literarias, visuales, audiovisuales, podcast, escénicas, ciclos y charlas. Este marco le permitió editar sus primeros libros artísticos: Numen Poéticus (2o2o), Extractos Ilustrados (2o21), Elün (2o21), Informes Omega (2o21) y A la inversa (2o21)

YA NO

*A la altura de los lirios
la muerte sonríe*
Blanca Varela

Ya no
    ya no siento latirme los sueños

Ya no
    ya no pienso seguir en esta
    primavera de lirios marchitos

Ya no
    ya no quiero levantarme
    abrir los ojos
    y ver tanta muerte

Ya no
Pero sale caro un funeral
en esta calle de fuego que es el mundo
                Papá.

NO ALCANZA

En una noche de Loma Hermosa
del colectivo 78,
un pibe pone en la calculadora 150 mil
y va restando:
primero cuarenta, después diez...
setenta hasta que solo
son 30　　　　mil

*Niega,
la suma
es demasiada.*

YÉSICA AYLEN ARANDA

@yesicaaylen_27

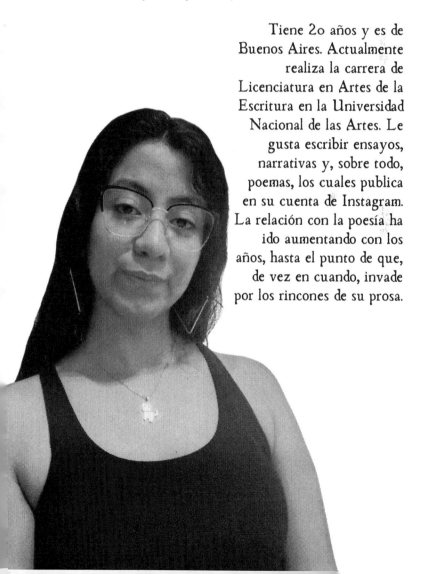

Tiene 20 años y es de Buenos Aires. Actualmente realiza la carrera de Licenciatura en Artes de la Escritura en la Universidad Nacional de las Artes. Le gusta escribir ensayos, narrativas y, sobre todo, poemas, los cuales publica en su cuenta de Instagram. La relación con la poesía ha ido aumentando con los años, hasta el punto de que, de vez en cuando, invade por los rincones de su prosa.

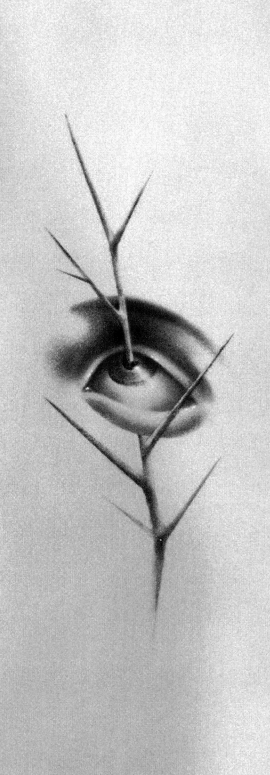

ENTRE

Entre piso y cielo, veredas, valles y autos
Entre tarifas, comidas al paso, empanadas de 600 pesos,
Entre entrada y salida
Entre el vencimiento de la tarjeta y el cobro, entre las boletas de luz, gas cálidos soles de invierno,
frescas sombras en verano, entre estación
Entre el timbre y la puerta del colectivo
Entre la última y la primera
Entre los pitidos y sonidos, entre los vendedores ambulantes,
Entre moreno y once
Entre facultad de derecho y hospitales,
Entre la inscripción y los finales,
Entre lunes y domingo
Entre las paredes, entre la hoja y la madera

Hay ventanas en cada uno, una vereda a un tercero, aquello mediante el pecho explota por un momento, gatos cazando y perros corriendo, veo, observo.

¿Qué es todo esto que pasa entre medio? Flores que espejan, ya no existen, aniquiladas por el rocío, no están entre sino, siempre nuevas como en un...

lento y por un momento, todo cae, ya no hay puertas, pitidos, lugares, derechos, hospitales, inscripción, solo finales, en la alfombra sólida y cómoda, descalzo piso sólido y no flojo, un agujero y se desliza por mi peso, absorbe todo donde suena un click y una explosión, que me revienta el pecho una vez más entre esquina y esquina.

CONECTOR QUE DESCONECTA

Un rectángulo iluminado en un rectángulo más
amplio, oscuro, poco iluminado
Por vetas la luz se cuela
Y buscan reposo despojando de forma
Aquello que encuentran
Más que para aquel observador
Absorto en el rectángulo luminoso
Que sería el elemento elegido,
más quizá no el correcto,
En una búsqueda,

El error es caro, o aprendizaje,
Aquello que danza en la oscuridad
Y mata, aquello, quizá no miente
Esa repitencia y soporte que cumple,
Lugar de encuentro, ya no costumbre pero adicto
Por cada corte, corta de dos lados y rompe
Con algo del otro lado
Cortar y separar
Aleja y deja solo
Lucha para unirse, logra algo instantáneo
que alimenta lo sencillo del yo, como un charco,
En eterna vista, matando al enamorado,

La hoja en cierto punto, a corta vista, oculta
y pierde de vista la forma, y lo Otro.
Alejado, deformado, triturado desprovee de algo suyo,
pero conserva su esencia.

Habita el dolor en un reflejo que encandila
y duerme con el celular en el pecho, un domingo de noche.

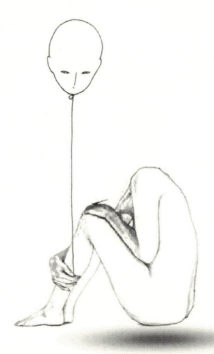

DANTE NICOLÁS FENOCCHIO

@sushidante

Está próximo a ser psicólogo en la Universidad de Buenos Aires, el psicoanálisis lo atraviesa. Pasa mucho tiempo en transporte público, observando rostros y realidades que lo intrigan. Trabajó en el ámbito de las adicciones, lo que lo llevó a reescribir su propia historia. Oriundo de zona oeste, transita entre zona norte y Once, moviéndose entre distintos mundos. Se considera un "sapo de todos los pozos", alguien que escucha las voces de la calle y encuentra en ellas un eco. "—Esta es mi primera biografía— dice. Un ejercicio extraño. Creo que porque soy parte de algo mayor, y esa certeza me llena de plenitud al escribir y al vivir".

EL RITUAL

Noche húmeda, niebla con cuerpo
se cuela por los ojos la fría alma
camina sin definir el tiempo
recuerdo una lágrima
se mete en el campo muerto
una mano retiene un aroma
sentenciado al olvido hueco.

Pentagrama rojo sobre el suelo
abrazan vírgenes velas negras
la foto de una mujer sin velo
rostro desnudo que acosas

la angustia convierte piel en hielo
el viento ausente ahoga las vidas
lengua prohibida mueve el cielo.

*Un grito nace de tierra
brazo gris agujereado*

mano huesuda desgarra
el aliento de un gusano caído
se retuerce en el cadáver y narra
la historia del cuerpo aislado
se levanta de la siesta a la guerra.

La Tía Chola abre su boca fúnebre
"¿Otra vez?" le suplico ser libre
el secreto de sus lentejas con fiambre
"Te dije, metele limón de sobre"
Ya lo hice, no calma mi hambre
*"Vení, te explico, que no sea costumbre
escucha bien esta vez"* anotó jengibre
otra excusa que la nombre.

Me encerraron en cuatro paredes
inyectaron sustancias hasta abusar
del cloro matando mis colores
mi prisión es el apetito de enjaular.

Lo escucho cerca, sus pies se incrustan, asesinan
sin piedad
a hormigas contra los verdes
mosquito golpeado por la humanidad
nos escuchan insignificantes
agonizamos su prioridad

Me observa,
se siente poseedor de una vida que es su salvación
lo siento en mi intimidad sin pudor
mete su sucio pie, no tengo opción
me quita la paz que era mi forjador.

Sumerge su cuerpo, no es suficiente
me golpea con duros movimientos
disfruta mientras flota la muerte
se aburre, se va, cadáveres de insectos.

Solo en el invierno podré ser otra
nido de vida natural
sueño con que me abandonará
donde vuelva a ser brutal

Solo ese día seré
al fin seré
libre.

Me observa,
se siente poseedor de una vida que es su salvación
lo siento en mi intimidad sin pudor
mete su sucio pie,
no tengo opción
me quita la paz que era mi forjador.

Sumerge su cuerpo, no es suficiente
me golpea con duros movimientos
disfruta mientras flota la muerte
se aburre, se va, cadáveres de insectos.

Solo en el invierno podré ser otra
nido de vida natural
sueño con que me abandonará
donde vuelva a ser brutal

Solo ese día seré
al fin seré
libre.

AYELÉN POLTI

@Aye.polti

(2001) Argentina y actualmente estudia la Licenciatura en artes de la escritura (UNA).
Desde su infancia escribe cuentos siendo su papá el primer lector, a quien le leía las pequeñas historias que se imaginaba.

Estas historias se matizaban con los relatos que le contaba su abuela japonesa, quien le narraba las historias de su tierra natal, un Japón lejano y ausente que sólo podría reconstruir con su imaginación. Estas fueron las bases de su arte, apropiándose del lenguaje para expresar la extrañeza que siente al ser nieta de inmigrantes. Ella construyó un arte que busca encontrar lo extraño para volverlo familiar, utilizando como inicio el punto de tensión en donde ambos mundos conviven.

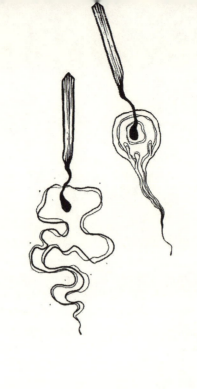

NADIE LLORARÁ

Nadie llorará por nosotros cuando hayamos muerto.

Nadie abrirá nuestras tumbas
para saber cómo fuimos asesinados
Los pájaros cantarán aburridos una melodía monótona
Y Cristo seguirá dudando de tu existencia.

Nadie llorará por nosotros cuando hayamos muerto.

Nadie abrirá nuestras tumbas
para saber cómo fuimos asesinados
Los pájaros cantarán aburridos una melodía monótona
Y Cristo seguirá dudando de tu existencia.

Nadie llorará por nosotros cuando hayamos muerto
Y mientras los oficinistas buscan gorriones
tras las ventanas
Ella perdonará al borracho que la golpea
Y las alas de otro niño serán manchadas con grasa.

Nadie llorará por nosotros cuando hayamos muerto
Al televisor no le importa tu nombre
Y el calendario no te necesita.

Nadie llorará por nosotros cuando hayamos muerto
Y al llegar la noche
Los bares hambrientos de inocencia
Encenderán de nuevo los motores de la máquina
picadora de carne

Consumiendo las nostalgias de los jóvenes enamorados
Arrojando ancianos bajo ruedas de camiones
Los que encajan

Te dejarán de nuevo afuera del negocio
Te arrancarán el poco corazón que te queda con los dientes
Y se lo comerán sin ganas
Por favor, dame un beso

De nada servirán nuestras penas al pasar
El agua crece a nuestro alrededor
Por favor, dame un beso
Nos lo han quitado todo y no tenemos nada que perder
Y nadie llorará
Por nosotros

Nadie
Cuando hayamos muerto.

UNAI RIVAS CAMPO

@unairivascampo

Vasco por nacimiento, argentino por decisión. Llegó al país en el año 2003. Entre otras cosas, también se dedica a escribir poemas. Así que publicó en antologías, escribió varios libros, una obra de teatro, algunos artículos en revistas, leyó en lugares, ganó premios, perdió premios y quedó como un idiota más veces de las que le gustaría recordar. Nada hay especial en él y ser consciente ello es su principal virtud.

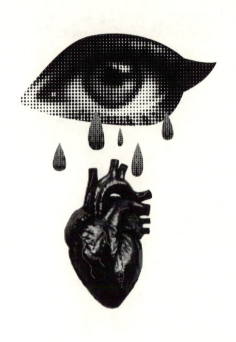

A Alejandra Pizarnik

> Explicar con palabras de este mundo
> que partió de mí un barco llevándome
> *Alejandra Pizarnik*

YO SOLO LLORO POR DENTRO

I

Llora todo,
no queda más agua en mi cuerpo

Llora todo,
lloran mis entrañas
se retuercen
cordones de zapatillas
    nudo tras nudo
solo conocen
de-presión

Llora todo,
llora la sangre de mis venas
desde la punta
    de mi cabeza
hasta la punta
    de mis pies
como la lluvia
da vueltas y vueltas:

ciclo sin fin

se renueva
una y otra vez,
llanto
vapor nubes lluvia
tierra humedad vapor
se renueva
la sangre
    punto sin retorno
y las lágrimas

Mis ojos secos
    desierto,
pequeño cactus lleno
    de espinas
    de vacío.

Al corazón le cuesta latir
se ahoga
en este mar tan mío
sangre y lágrimas,
mis colecciones
menos preciadas,
sentenciadas, cadena perpetua,
solo saben
      girar y girar
      por mi cuerpo
cascada que fluye
     inmensidad,
desatando toda su furia
nunca
cortando su flujo

¿A dónde irán esas lágrimas?

dan vueltas
y más vueltas,
me marean
y en pie sigo:
cara *neutra*
gritos *adentro*
calma *afuera*

II

Y es siempre el jardín de lilas del otro lado del río.
Si el alma pregunta si queda lejos se le responderá:
del otro lado del río, no éste sino aquel.

Alejandra Pizarnik

YO SOLO LLORO POR DENTRO

Descubrí, hace tiempo
que en mi *no tan* diminuto cuerpo
entran
flores árboles jardines
estrellas planetas galaxias
historias personas amores

*¿y por qué no
infinitos de mil colores?*

Descubrí, hace poco tiempo
que en mi *no tan* cuerpo diminuto
entran
las hojas de tu árbol
otoño primavera verano invierno
colección añorada y eternamente cuidada

como cartas de amor

En mi no tan diminuta inmensidad
se encuentran guardadas
las riego, cuido
siguen vivas
seguís viva

Yo solo lloro para mantener vivo mi jardín

PALOMA CARFI (MOLAP)

@itsmolap

O Molap, nació hace 28 veranos bajo el fuego de Sagitario. Lesbiana, feminista, vegana y artivista, estudia Psicología y Artes de la Escritura.

Se construyó sus propias alas en la poesía, autogestionando tres poemarios: Facetas (2020), Sin Sentido (2021) y La esperanza, esa cosa hecha de palabras (Poemario colectivo, 2024).

Participó en Registros Poéticos I (Entre Tantos Editora, 2024) y en la revista Cultura Suelta (2025). Su escritura es un acto de resistencia y creación, un vuelo construido con palabras.

MIS HIJAS VAN A CRIAR PECES

Tenía dos peces
Uno fue succionado hacia la desesperación

El otro se murió de tristeza
Pensé que eso le pasaría a mis hijas el día
que las tuviera

Me di cuenta de que en realidad eso me pasó a mí
Nací más triste que el resto del mundo
Me empujaron a la desesperación
pretendiendo todo eso que jamás podría dar

*¿Para qué querés que vaya
a la luna si vos ni fuiste?*

No sabes todo lo que hay que hacer para llegar
No sabes que hay en esos horizontes
tan distintos a nuestra casa

No tenes ganas de enterarte
de que no es lo que yo quiero

No te alcanza que yo sea feliz acá
Quizá es tanta la infelicidad con la que vivís
qué querés, quitarme mis alegrías

Trato de hablar en general
pero no puedo esquivar
semejante montaña
y fingir que no me desvié de mi ruta ideal

*El problema es con vos
y un poco conmigo pero más con vos*

No me sorprende que me impongas
tantos requerimientos
Lo que no sabes es que no necesito ninguna luna
Mi propia luna la llevo dentro
El dolor es mío y los arrepentimientos también
El cansancio sobre mis hombros
y el exceso de tristeza que pesa
Ya aprendí a balancear correctamente
esas cargas en mi espalda
El único conflicto ahora es que extraño a mis peces
Nadie te da permiso para hacer un duelo por unos peces
Ojalá pudiera darme luz verde yo misma
Quizá tengo otros conflictos
Miedo por las hijas que voy a tener

No quiero que ese llanto desgarrador
que le dedican al mundo en su salida
de mis entrañas sea exceso de tristeza
Mis hijas van a llorar y de ese llanto sacarán fuerza
No te van a necesitar a vos ni a mí
Van a tener sus propios peces que,
ni desesperados
ni tristes,
se van a dedicar a crecer.

Un día mis hijas van a ir al río
y los van a largar en el agua

Libres en el mundo que les corresponde
Ahí voy a estar yo, mamá, mirando a lo lejos
y voy a estar segura

Ni tu desesperación ni tu tristeza me marcaron
Ni mi desesperación ni mi tristeza las marcaron a ellas

Los peces llegaron a destino
Mis hijas son fuertes
Yo ya gané.

CAMILA BELÉN CASTELNUOVO

@midcielo

Es una poeta y artista de Buenos Aires que encuentra en la palabra escrita su principal herramienta de creación. Bajo el nombre MID CIELO explora la conexión entre emociones y poesía, transformando lo cotidiano en un universo simbólico y sensible. Sus versos, cargados de introspección, hablan de la fragilidad, el amor y las contradicciones humanas, ofreciendo una mirada íntima y profunda. Comparte fragmentos de su obra y reflexiones poéticas, consolidándose como una voz singular en la escena independiente. También gestiona proyectos culturales, potenciando la creatividad colectiva y el arte emergente.

FILOSOFÍA DE BALA Y PROMESAS BAJO EL BIDET

mamá siempre quiso
                a charly garcía
como ministro de cultura
está cansada de los dinosaurios
y las promesas sobre el bidet
                está cansada
de los discursos que niegan
        la realidad

ella conoce el dolor
de la página en blanco
los recuerdos a medio hacer
las historias de mi abuelo
sobre las fosas comunes
                y el pacto
de silencio. mi abuelo
celebraba
el Nunca Más de argentina
los juicios a las juntas
pero ahora
están tan cerca
pueden cortar todas las flores
pueden tachar la primavera
filosofía barata y borcegos de cuero
say no more

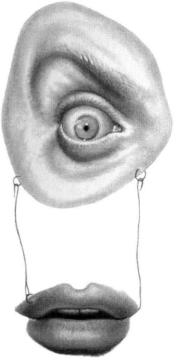

mamá siempre quiso a charly
el abuelo españolito la verdad
entonces mamá entonces abuelo
si es necesario
cantaremos la canción otra vez
hasta que la libertad roja despierte

y podamos bailar
      en la plaza
           algún diciembre

II

> ¿Cómo le explico a mi abuelo que
> regresó la sinrazón?
> *Marina Gil*

mamá siempre quiso
                      ¿te acordás?
a charly garcía como ministro
de cultura   pero hoy
está cansada
sigue cansada de los dinosaurios
                quién sabe maría este país
no deja promesas ni sobre el bidet
el yayo tenía razón
mamá siempre quiso a charly
el abuelo españolito la verdad
entonces mamá entonces abuelo
¿cómo les explico?
    ya no hay canciones ni versos
    ya no bailaremos en la plaza

    no dejaron futuro ni palabras
nos arropa el gas del silencio

no hay poema
        que nos salve
                de este mundo
silencio

say no more.

MALÉN DE FELICE

@letrasquearden_

(1988) oriunda de Lanús, Buenos Aires, Argentina es Licenciada y Profesora en Letras por la UBA. Lectora empedernida, escribe cuentos y poemas desde hace más de dos décadas. Algunas de sus producciones fueron publicadas en revistas, blogs y antologías de carácter independiente. Actualmente, dicta talleres de lectura y escritura. Lleva adelante @letrasquearden_ un refugio literario en Instagram.

MARCHA FEDERAL UNIVERSITARIA

Desde el Mayo Francés
y la Primavera de Praga
hasta la Plaza de Tlatelolco
y nuestro Cordobazo:
la historia muda la piel
pero nunca los nombres.

Cada vez que el Estado
olvidó su deber de amparo
y su rol de abrigo
fueron los estudiantes
los que opusieron su cuerpo en las calles
para devolverle la Memoria.

CONURBANO

Al Conurbano llegamos de todas partes
once millones y contando
cada uno buscando su lugar
en este paraíso de media sombra, de San Justo a Independencia
de Reconquista al Maldonado, la geografía anfibia
de riachos y vías, casonas, chapas, la cumbia y el golf
las realidades se cruzan en las esquinas
conocen tu nombre, tus privilegios o tu hambre.

        ¿Sabés por qué me gusta acá? -Me dijo mamá-
        en este barrio nadie se siente extranjero.

                Este poema forma parte del libro "Los hábitos feroces" de Emmanuel Lorenzo, publicado por la editorial Elemento Disruptivo en abril de 2o22.

EMMANUEL LORENZO

@emmalorenzoescribe

Nació en 1987 en San Martín, sobre el noroeste del Conurbano Bonaerense, Argentina. Es licenciado en Periodismo y tiene una maestría en Educación y Derechos Humanos. Coordina talleres de escritura y colabora en medios de prensa. En Argentina se publicaron sus libros Pájaros detrás de las paredes, La felicidad de los témpanos y Los hábitos feroces, mientras que en España se editó el poemario Todavía no es de noche en el paraíso. Sus cuentos y poemas han sido incluidos en revistas nacionales e internacionales. Recibió las distinciones Bienal de Poesía Joven 2019, Ateneo-Universidad de Málaga y el Premio Municipal de la Ciudad de Buenos Aires, entre otras.

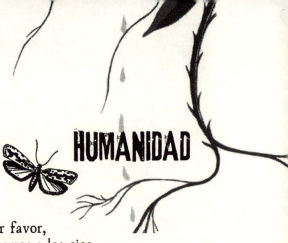

HUMANIDAD

Por favor,
miremos a los ojos
a alguien hoy

por favor,
respondamos un mensaje
a alguien hoy

nunca dejemos sin atender
un llamado
cuando alguien necesita hablar
a veces es urgente

por favor,
tengamos hoy
un gesto de *humanidad*

en la oscuridad
los uniformes se confunden
    en la noche
      no se ve
        quién dispara
por favor,
miremos hoy
a alguien a los ojos
encontremos en unos ojos

extranjeros
unx hermanx

encontremos en unos ojos
inciertos
miedo y amor
        descubramos que es
         nuestro mismo
         miedo y amor

cualquiera sabe
que no se mira a los ojos
cuando se aprieta un gatillo

por favor,
recobremos hoy
algo de humanidad,
es urgente y necesario.

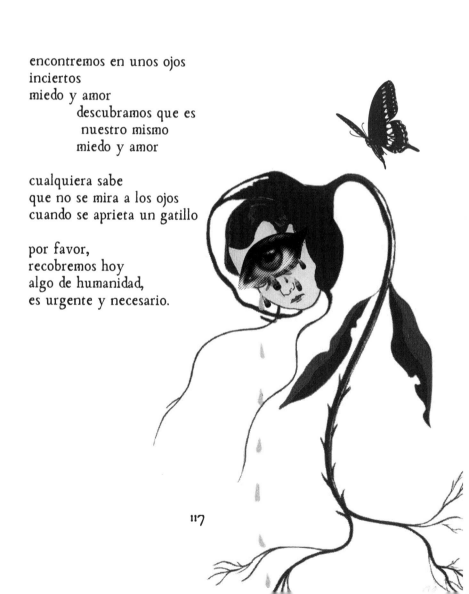

EL ÚLTIMO RESTO

Como cuando
te hacés el mate
con el *restito* de yerba
que es casi polvo.

Como cuando
estirás un rato más
el *último* aliento
antes de desplomar el día.

Como cuando
bailás la lengua
para que no se acabe
el *primer* beso.

Como cuando
limpias el plato
con el pancito
porque no sabés si habrá mañana.

Como cuando
ahogas el grito
porque *todavía creés*
en la palabra.

Como cuando
no te dan las piernas
pero te ahorrás
el colectivo.

Como cuando
no te dan las ganas
pero abrís *de nuevo*
las ventanas.

MARIELA BETANIA PACIN

@marubetania

Nació en Buenos Aires, Argentina. Es actriz, psicodramatista, diseñadora gráfica, poeta. Organiza ciclos de artistas, gestiona la competencia de poesía oral SLAM CAPITAL. Editó su poemario La certeza secreta de desatar incendios con Pulpa Editora.

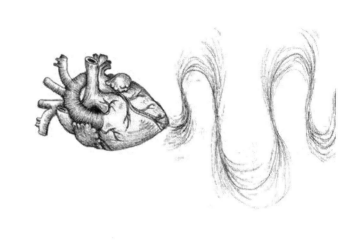

PENSAMIENTO

Retrocedo en la parada del colectivo
un vértigo me acompaña,
avanzar o desprender
mis deseos
de mis botas mal lustradas
eso parece imposible.
Hoy me desvestí pensando
en lo poco vivo que me siento.
Lustro,
resplandecientemente cochino.
Ortodoxo
desapegadamente malo.
Horroroso,
quasi persona de valor.

Me veo en la oscuridad matinal,
en los cálidos recuerdos del sol
que no llegan por mi ventana.
En la no-nada que me embarga,
me pide a cuotas
un intento de vacío,
lo único que conozco.
Me veo en la duda,
en la necesidad irónica de sentirme querido
sin evocar palabra.

Y de repente,
en los colectivos que pasan,
tomo una decisión.
Me recorre un súbito aplomo de valentía.

Miro el reloj, pero más detenidamente me miro
pasando el tiempo a través de las clavijas de una
máquina que no indica nada
que no me dice nada
que no niega nada
que no siente nada
que no hace nada
que no puede nada
que es desconocida de nada
que no haya nada
que no coge nada
que no hubo nada
que no...

Y decido irme a pie.

DOLOR A CONTRAPASO

Por fin siento una liviandad en el pecho,
una plumita.
Es hermoso viajar.
Posta.
La sensación de estar cobijado por una densa secuencia de movimientos que alternan entre frenos y "acelerandos".
Da igual si es noche o día,
luces, luces pasando intermitentemente
por sobre distintas direcciones alrededor del bus,
luces que provienen de un ficticio espejo,
del paisaje que se hace instante
y que cobra relevancia para el de detrás del reflejo,
encandilado por todo ese espectáculo de fotogramas sin cesar, uno tras uno.
Todo lo que se viene, todo.

En este paso, me recuerdo de tí, ligero fotograma.
Desde el primer viaje oscilante y largo
hasta el último en que volví,
absolutamente desconcertado,
después de este mismo solsticio.

Pasa el tiempo y me voy hacia el fondo.
Ya no miro hacia atrás.
Miento.
Ya no miro tan hacia el costado.
Piso firme.
Camino sin ver.

Me hago el boludo.
Hago de cuenta que no tengo memoria.

Y por fin,

ya no siento tanta presión en el pecho.

DAVIDE LARA

@davidetenorino

Nacido en Lima, Perú (1997) es actor, cantante lírico e intérprete de comedia musical. Desde hace tres años vino a Buenos Aires, donde retomó su interés por la escritura, en especial por la poesía y relatos cortos. Desde ese entonces, está enfocado a la creación de obras de teatro y de producir nueva dramaturgia orientado a la migración, al existencialismo y a las relaciones intrafamiliares. Actualmente se dedica a la producción escénica en la compañía independiente "Ópera de San Telmo", entre otros proyectos teatrales.

EN BLANCO

Mis peores ideas,
mis mayores miedos,
aunque a veces lo roce con los dedos
es todo a lo que aspiro y nunca llego.

El lugar donde el vacío me habita a mí
y yo no a él,
me hace dueña de las verdades más crudas,
de los susurros de los cometas
y los secretos del universo.

Tengo en las yemas de los dedos
todas las versiones de mí
que alguna vez quise ser,
si cierro bien fuerte los ojos
lo puedo ver.

Me veo.
Todo lo que dije y no dije.

Lo que no dijiste...
Todo lo que no sos por la pregunta que jamás hice
y todo lo que sos por lo que vos hiciste.

Heroína, villana y hechicera...
El ansiado beso,
el abrazo reparador,
el enorme peso que
sale de mi pecho al matar al monstruo
el tan anhelado felices para siempre,
todo al alcance del punto final
del cuento que jamás voy a narrar.
No existe y su fuerza cada medianoche
ata mis ojos al cielo, es mi musa y mayor
desasosiego. Y entre la página siga en
blanco, seguirá siendo mía nada más...

Ya no más.

OJALÁ

Me veas siempre bailar descalza en la cocina y sobre tu corazón con mis zapatos más delicados, que no deje de entrelazarme a tu alma y por la noche enroscarme entre tus brazos, que nunca dejes de mirarme sin saber el efecto que tenés en mí, ajeno a la idea de que haces flaquear mi fuerza.

Ojalá nuestra vida se alinee tan bien como lo hicieron nuestros pasos, que las primeras flores que me regalaste no se marchiten y que de tus ojos nadie se atreva a apagar ese brillito plateado.

OJALÁ que la canción a la que te recuerdo la pasen siempre en la radio cuando vayas al trabajo así sabes que te estoy acompañando, que no dejemos de desearnos con la misma fuerza con la que nos amamos...

y

OJALÁ QUE MI CORAZÓN QUEPA SIEMPRE EN LA PALMA DE TU MANO.

VALENTINA SCOTTA

@val__sctt

Nació el 03 de agosto de 2002 en Clorinda-Formosa. Su manera principal de conectar con el arte y con la vida es a través de la fotografía, con la cual intenta llevar un pedacito de la manera en que ve al mundo y al resto de la gente. Considera que el arte en cualquiera de sus formas es su cable a tierra y por ello intenta probar cosas nuevas, salir de su zona de confort, experimentar con el juego y la incomodidad por partes iguales.

EL TEXTO INCORRECTO DEL ESPACIO

Mi mayor miedo en la vida es ser gorda
aún no me animé a hablarlo en terapia
a decir las palabras dichas
como las escucho mientras leo esto
ahora, acá.

*tengo miedo
de ocupar mucho espacio
de engrosar más.*

¿Cuál sería el problema de ocupar espacio?
Si estoy gorda
estoy desordenada
algo sobra
algo se corrió en la balanza
me pasé.
Si estoy flaca también
pero ya
me contengo
ocupo menos
molesto menos
ensucio menos
me disminuyo
pero controlo

Si estoy muy flaca también
a los ojos de los otros

me cuido
me controlo
me freno
me contengo

ocupo menos
molesto menos
peso menos
ingiero menos
ensucio menos
me engraso menos
me disminuyo
pero controlo
si estoy flaca, estoy limpia
pulcritud y belleza
perfecta de un asesino
que no deja rastros
soy una asesina.
Cada mañana
cuando me levanto
mi reflejo es tocarme
quiero ver si aún se sienten
los huesitos de mi pecho
los siento
me alivio
sonrío

¡Buen día!
¡Qué rico el café frío!

YO NO PUDE BORRAR (TODAS) TUS FOTOS

Me quedé sin idiomas que inventar
se me fue la poesía
las imágenes
el sueño
el mareo
se me fue la poesía, pero no me da pena
yo intenté quemar tus flores
llenarme las manos de sangre
porque ya sabía
había muerto
sí, lo sabía sin querer
en mis venas
en mi estómago.

Los ciervos no somos videntes
pero nos hablan todas las estrellas.
Los algodoncitos estaban llenos de agujas
yo sabía
ya lo dije.

Qué lindo es
cuando todo te arde
sentís algo
cuando sentís
es urgente
ahora, pero posta.

Cuando vuelva caminando después
de haberme sacado la máscara
cuando el camarín esté vacío
y ya no suene ningún piano
ni funcione ninguna luz.
Cuando vuelva caminando
voy a mirar
pasar los autos
pensar en todas las veces
que salí hermosa, brillante
esos autos me iluminaban
los ojos gigantes.

Ahora esas luces no las veo
como en una película vintage
esta city es gris
los pisos están mojados
no veo las luces que se reflejan
en el piso
¿será que los ciervos que no corren cruzan charcos?

Su pancita sangra tibia
su corazoncito diminuto
va dejando
de a poquito
de a poquito
de latir
sin rostro.

Anoche soñé con el lobo
creí pensar que él
me clavó los dientes
me destrozó la carne
me desgarró la piel
mientras me iba comiendo
me escondió atrás de las piedritas
los árboles húmedos
todavía
de tierra blandita.

Nunca me dejaba morir
me lamía
me acurrucaba
en su pelo
duro y quemado
de bestia
siempre, volvió a mi
siempre.

Cuando me desperté sonreí,
creí que el lobo era yo
me miré al espejo
seguía siendo quizás
algo parecido a la misma
de siempre.

Qué engañoso todo
este pensamiento
qué difícil existir
entre tanta niebla
cálida de invierno.

MALENA LUCHETTI

@malenaluchetti

De treinta y dos años, nacida casi adentro del obelisco es actriz de nacimiento. El universo actoral la llevó durante años a desarrollarse en diferentes disciplinas artísticas como la dirección, la danza, la performance, el canto, y por supuesto la escritura.

Actualmente organiza un ciclo de poesía performática autogestivo de nombre "Bragas" y acaba de terminar su primera obra de teatro. Un biodrama titulado "No soy la de chiquititas".

Lee en ciclos de poesía de diferentes orígenes y fue convocada por Los Pipis para leer en el icónico festival Pipipalooza.

¿NADA?

Ángeles que se desprenden
de ladrillos
hijas de la realeza
reina Venus
sirena Hipus
cleopatra Rasus
mujeres diosas
del monte enredado
nacen de un armonioso sueño
del laberinto de dados.
Los puntos son para contar
los números para sumar
matemáticamente
hablando
el recorrido
parece difícil superar
más allá del mar
hay un río para descansar
y ella camina
hacia esa laguna

solitaria
no quiere quedarse
largo tiempo

solo abrir
los ojos en el agua
para enfriarlos.

Sueña en los sueños
despierta en los sueños
duerme en los sueños
sueña, sueña,
risueña
se siente pequeña
pero es inmensa.

Rayos de la tormenta
la atraviesan dejándola
relampagueante en la profundidad
con el barro
cubriendo su cara,
no hace nada,
las algas la atrapan,
y los peces al rozarla
la pintan violeta rosa y roja.
Muy lento...
el cuerpo sube
los ojos resplandecen
apuntando al cielo
como dos planetas de fuego
que no se apagan,
su desnudez impecablemente limpia
la nada sin nadar
la hizo morir
solo un rato...

SUS RATOS
MUERTES
PAUSAS
SU NO SER
NADA
TAMBIÉN ES TODO.
INTERRUPCIÓN
CORTOCIRCUITO NECESARIO.
SOLO UN RATO
SE PERMITE
SER VULNERABLE

SE PERMITE
SER NADA.

CÚPULA

Sentí mis oídos apagarse
mis ojos precisaron la contemplación,
una suave brisa fría tocaba mis pies
llevaba puesta mis zapatillas de tela
las suelas estaban gastadas.

Una inmensa obra me atrapaba,
una idea apasionada.
sentí mis ojos apagarse,
miraba sonar dulcemente la campana.

Una brisa cálida tocaba mi rostro,
y el sudor deslizaba por mi cuello.
corrí fuerte hasta la puerta
me vi pequeña, encapsulada debajo de la cúpula,
y tan grande en un cielo iluminado.

*me vi en ambos espacios
el templo, mi obra.*

Lo que el cielo reparte,
me lo hago parte,
comparto tu arte
soy arte sin buscarte,
y estoy feliz de encontrarte.

JUANA GADZALA

@juanagadzala_art / @gadzalajuana

Juana Gadzala es artista visual, docente, poeta y escritora Argentina, nacida en Lanus Provincia de Buenos. Profundamente expresiva, se encuentra en pleno proceso experimental. Es parte de un colectivo de artistas en instantes gráficos. Ha realizado obras a lo largo del 2024 y realizó *Reflejos impermeables* con la curaduría de Carla Rey.

Como artista, ella dice:
-Acepto la imperfección como parte esencial de mi trazo, donde colores y texturas dialogan para crear tensiones entre lo bello y lo feo. La espiritualidad y los sentidos guían mi proceso creativo, donde la intuición y la espontaneidad son protagonistas.

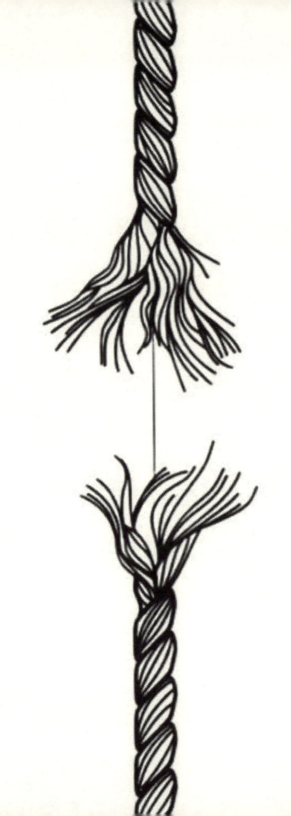

TORMENTA MENTOLADA

Yo sujeté mi cepillo de dientes,
que peleó con los otros en el vaso
del baño para buscar esa salida.

Agarré la pasta, enrollada
cual bolsa de dormir, para que saliera
la sustancia viscosa a presión.

Empleé la fuerza del dedo gordo
en la terminación caracolada
del estuche, y ese color
azulado se enfrentó a la intemperie.

Coloqué la cremosidad
en las papilas gustativas
de mi lengua porosa.
Las cerdas invertidas transitaron
mi paladar, suave, y la dentadura, al igual
que la lengua de aquel hombre desconocido.
Junté las manos para recibir
el agua destinataria de mi cueva.

Un mar agitado se atormentó
entre mis músculos faciales.

La saliva, extraña,
desembocó en la grifería.

La tormenta se asentó,
dejando su frescura punzante.
El aire quedó,
como una pausa mentolada
que anuncia el próximo caos.

OTREDAD

Danzantes, al chocar juntos, chillan
como recién lustrados.

Atraviesan nuestra piel.
Perdón,
mi piel.

Te erizan e hipnotizan,
con su baile en mí.

Tienen pendiente esa libertad,
están atrapados por su traba.

Solo nosotros la podemos abrir.
Ahora sí,
nosotros.
Antes de que los rescatemos
de su cerradura,
es cuando vos querés morderme ahí,
en donde están.

Ellos, felices de nuevo,
chillan
cuando los uno.

Ahora inertes,
pierden su danza,
y no el relucir
que les da
la luz.

Ese brillo no es de mi autoría,
pero su baile me pertenece.

La otredad,
reflejo inevitable del ser,
me enfrenta,
me revela,
y al final,
me contiene.

MARINA RODRÍGUEZ BARREIRO

@marinarbarreiro

(Buenos Aires, Argentina, 1996) Estudiante de Artes de la Escritura en la Universidad Nacional de las Artes. Concurrió a dos talleres literarios de escritores argentinos: Luis Mey y María Obligado. También publicó su poemario Onírico, participó de un fanzine de poesía y escribió artículos literarios para la revista *Liberoamérica*. A su vez, participó en ciclos de lectura de diversos eventos literarios.

COSAS QUE VIAJAN

Cada paso hacia el mar trae consigo un destino,
un mate,
un libro,
un budín casero entre mis manos,

el horizonte se despliega sobre la costa Marplatense,
y en cada ola tranquila, hallo mi paz.

Cabo Corrientes me espera,
un refugio donde el agua me envuelve,
permitiéndome flotar,
perderme,
y viajar hacia mi alma.

El sol, mi aliado incansable,
dejo que la arena me susurre historias,
las voces de la playa son lo que mi ser anhelaba oír,
como un mensaje oculto, que solo se revela al escuchar.

Pero es en las calles donde florece la magia,
tesoros olvidados,
recuerdos ajenos,
CDs dispersos,
fotos rotas,
y libros de versos
que susurran desde el abandono.

¿Qué secretos guardan esos objetos perdidos?

Cada uno tiene su propio eco,
historias apagadas,
momentos rotos,
cosas que siguen viajando,
aunque ya no tengan dueño.

Los objetos no son solo cosas,
son fragmentos de vidas olvidadas,
y en cada esquina,
en cada cuadra,
en cada canasto,
en cada rincón,
el pasado se entrelaza con el presente.

Tal vez la verdadera riqueza se encuentre en lo que se olvida, en lo que se deja atrás, en esos fragmentos de historias que siguen su ruta, esperando ser encontrados, deseando ser parte de un nuevo relato.

FABIANA RUIZ
@fabiaanaruiz

Viajera, curiosa y creativa. Con un propósito; transformar espacios, objetos, personas, historias, relatos a través del arte. Soy una mujer que se escucha y se es, adaptándose a los contextos cambiantes que definen mi manera de transitar por la vida. En 2o24 finalice mi primer Libro "Salió a Buscarse" Una obra que invita a viajar al exterior de nuestra América pero también al interior de cada una/o de nosotras/os.

En 2o25, escribí Cosas que viajan; una reflexión, de cómo pequeños momentos y objetos olvidados en el camino revelan historias perdidas, invitándonos a conectar con el pasado y encontrar riqueza en lo que ya no se ve.

MI MANO O MI VIDA

Toma mi mano,
   desierta y llena de arena.

Toma mi mano y
   sigue las huellas,
   abre la cáscara y
   resuelve el velorio de la yema.

Toma mi mano
   que te levanta y
   despoja del manto negro de la pena.

Toma mi mano y
   ponla en tu hombro,
   llévala al carnavalito de duendes.
   Muévela bajo el rayo más verde.
   Estírala, gírala,
   agítala hasta el amanecer.

Ser triste es ser inmóvil.
Todo lo que quiere el amante es sacudir.
Un cuerpo, un alma, una moral.

Amasa el pan con mi mano,
abre la puerta con mi mano,
escribe el poema con mi mano.

No sé qué hacer con mi mano.
No sé qué hacer con mi tiempo.

Este tiempo no es mío,
es del colibrí y es de la cosecha.

Mi alma es oscura y no piensa.
Mi cuerpo es de luz y no miente.

Toma mi mano y
cruza ríos y quebradas.

Regresa al charco de la infancia.
Toma mi mano y
llénala de fruta fresca para tus santos.
Toma mi mano y
bésala en los surcos.

Dásela al mundo y
después regrésala al barro.

Somos tierra y nada más.
Somos cuento y nada más.

Mi mano o mi vida, lo mismo es.

PRIMAVERA EN BUENOS AIRES

Amor, caricia divina.
No vienen más las palabras, no viene más la oración.
Fui buscando un pueblo y encontré el campo santo.
Mi mente desconoce subordinados y contenidos.
El paisaje ocupa cada recoveco de mis códigos.
Sueño con proverbios y nanas.
Ando descalza por la chacra y le canto a la noche estrellada.
Intento escribir y el viento mueve mis ramas más bajas.
Las frasecitas se caen a la mitad.
Solo quedan versos y rezos encima del vergel.
El silencio se llena de jazmines de leche.
Mis cuadernos acumulan senderos y mis ojos, lluvia.
De qué me sirve escribir "flor" si no percibes su olor.
De qué me sirve escribir "amor" si no percibes mi hambre.
El deseo se nutre de hojas y de cantos.
Me dejo enredar por lo que amo.
Me duermo enroscada en el árbol de la memoria.
Creo en el Dios de la nubecita con forma de liendre.
Creo en pensarte con forma de lirio silvestre.
Mi fe es descubrir la fuente fría en el valle encantado.
Mi fe es que mis escritos sean gotas que se van derramando por tu frente.
Bailo y me deslizo como el rocío.
Canto y me visto de aroma.
Soy la aguatera del verbo fantasma.
Soy la lágrima cayendo a la tierra.
Soy el susurrito del domingo a la mañana.

MI LEMA ES ESTAR SIN QUE ME VEAS.
MI OFRENDA SER SENTIDA Y NO PENSADA.

AMOR, CARICIA DIVINA. TE ENTREGO TODA
MI PRIMAVERA.

NICOLE PRETELL LIÑÁN

@nicpret

Gestora cultural y escritora nacida en el Mediterráneo (1997). Sus raíces en la sierra de Perú la conectaron con la cultura desde que era chiquita, siempre preguntándose y buscando respuestas sobre quién es, marcada por su doble identidad española y peruana.

En ese camino, cofundó Revista Febrero, una revista de poesía e ilustración. Publicó relatos y poemas, montó exposiciones en Madrid, trabajó en congresos de literatura iberoamericana e investigó sobre diplomacia cultural. Su última aventura la llevó hasta Buenos Aires, donde arrancó su labor como gestora cultural y artista. Escribe en una newsletter (nicpret.substack.com) y te lee en cualquier bar, de noche o de día.

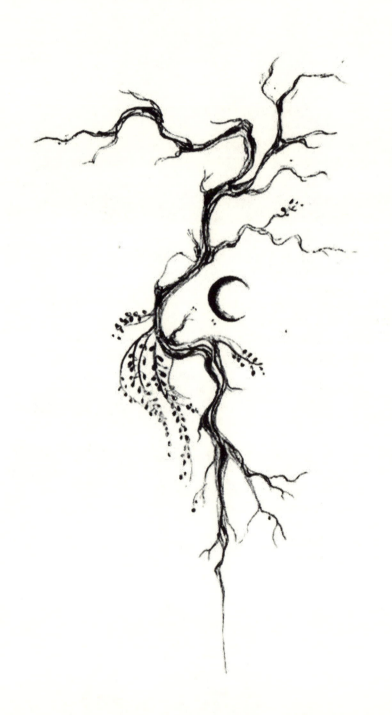

ALAS DE MBURUKUJA

De pronto en una esquina
en el borde de esta ciudad
una flor se abre ante mis ojos
llevándome allá lejos
desandando almanaques

Vuelve a mí aquella mburukuja
trepada en el cerco vencido
al costado del caminito rumbo al almacén
Me tienta nuevamente con su fruto
ovalado
naranjamarillo
de sabor oculto
casi prohibido
Hoy esta flor trae a upa mi infancia
luciendo su vestido de algodón en vuelo
y una bolsa
con la lista del mandado en una esquela
un cubito de azul para la ropa
una lata de dulce de batata
un kilo de harina
un hilo de coser
y por el vuelto una gallinita
de oblea
de azúcar
de encanto crujiente en mi boca

LOS CIELOS QUE ME HABITAN

Los cielos que me habitan
son lagunas gestantes
y un río atado con canoas en sus orillas

Los cielos que me habitan
son las voces de mis padres
y los ojos de mis hijos hechos estrellas
en la mirada de mis temiarirõ

Los cielos que me habitan
son uno de arena y palmerales
y otro de avenidas
con el sol muriendo bajo un puente

Los cielos que me habitan
son uno que vomita takitas titilantes
en el patio nocturno de mi infancia
y otro que serpentea luces de motores
en las noches costeras de verano

Los dos se unen y me abrazan
en este ejercicio diario de ser quien soy
Aquel cielo y este otro me cobijan
me sostienen
me iluminan
me definen
me

                   c o i r i s
              r   a
           a   n

Temiarirõ: vocablo guaraní que significa nieto (en este caso, nietos).
Takitas: término con el cual lxs niñxs de un pueblito de Corrientes,
      llamado Tabay, nombran a las luciérnagas.

ELBA BEATRIZ SÁNCHEZ

@evisan1199

Nació en Tabay, Corrientes, y reside en la capital provincial. Es profesora de Lengua y Literatura, con trayectoria en la docencia secundaria. Ha publicado los poemarios Las tacuaras mecen nuestros corazones; Tabay, tinaja de vida y luna y Entre tambores y sonajas voy pariendo. Coordinó la Feria Escolar del Libro del Colegio José María Ponce y dicta talleres de poesía en colegios secundarios. Es coorganizadora de la Peña Literaria "Ko ápe oĩ ñe'ẽ ha purahéi" y del ciclo literario Café con sabor a poesía -Poesía a la carta-. Además, creó el Cochencho literario, un taller llevado a la Feria Provincial del Libro (2017) solicitado por el Ministerio de Educación de la Pcia. de Corrientes.

HUMINLÄ

El monte nativo se extiende ante mí como un vasto misterio, un paisaje agreste que se despliega con silencios y susurros. Me envuelve en su abrazo indescifrable y me invita a hundirme en su latido, a descubrir formas nuevas de estar, de mirar, de ser en un mundo que me es ajeno y, sin embargo, cercano.

Sin música ni instrumentos, el día comienza envuelto en un canto invisible: aves e insectos hilvanan ritmos sobre el aire espeso, armonizando con la cadencia de los veranos interminables. Acá, la tierra oscila entre la sequía y el pantano, entre el polvo y el río Pilcomayo, que traza límites en el mapa, pero no en la memoria...

De tanto en tanto, los afuereños llegan y su presencia se vuelve un espectáculo para observar, un juego de contrastes entre cuerpos, de miradas y sonidos. En sus bocas resuena una lengua extraña, distinta a la materna de quienes habitan el monte. Ojos oscuros emergen de entre la espesura, rostros curtidos por el sol y el tiempo; la primera impresión es de un silencio solemne, de una tristeza inabarcable. Pero luego, como un relámpago en la espesura, estalla la risa, rompiendo la quietud y dejando ecos en el monte.

¿Es alegría o timidez ante lo desconocido?

Los visitantes se van rápido, como si el tiempo acá se midiera distinto. Apenas llegaron y ya emprenden el regreso: los caminos son arduos, el calor abruma. No alcanzan los ojos del poblador para retener la imagen de quienes partieron. Lo no dicho persiste en murmullos, y con el paso de los días, las sombras de los viajeros se transforman en relatos, en cuentos y leyendas.

Y así, con el monte como morada, me quedo, acá dentro de un laberinto lleno de misterio, mitos y leyendas. Me quedo. Entre miedos que revelan lo impensado y certezas que brotan del asombro, yo me quedo... Y me vuelvo parte de este pulso que me vuelve pura seguridad para seguir enfrentando lo desconocido, lo nuevo, lo nuestro, lo ajeno.

---

1 En idioma wichí Huminlâ significa recibir, dar la bienvenida a. (Un Diccionario de la lengua Wichí/Lunt, Roberto, 1º Edición bilingüe. Ciudad Autónoma de Buenos Aires. Sociedad Bíblica Argentina, 2016.

SUSANA ÁVILA

@avilasusanasve

Nació en Yuto, Jujuy. Ahí mismo en la zona de Yungas, donde el monte y el río forjaron su mirada. Técnica en Comunicación Social con orientación en Redacción por la Universidad Nacional de Entre Ríos (UNER), ha tejido su camino entre palabras y realidades diversas.

Acompañó proyectos con comunidades originarias, sumando su voz a las historias que laten en los territorios. Hoy, su andar la lleva a Santa Victoria Este, en la región del Chaco semiárido, a 600 km de la capital salteña, en el límite donde Argentina, Bolivia y Paraguay entrelazan sus fronteras. Allí, sigue escuchando, escribiendo y entretejiendo memorias con el pulso de la tierra.

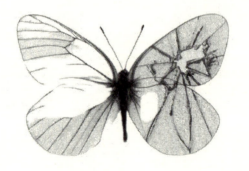

ÍNDICE

Michaela Osorio — 9
La poeta que soñaba puentes
Oráculo

Lucia Bagnasco — 15
Día 33

María Sol Martínez — 19
Hogar
Tesoro Pirata

Urän — 25
se desnuda el sol…

Lara Fortina — 31
Secuoya
Nom

Elizabeth Cappiello — 38
I
II

12 dosis — 42
Es de noche
Coordenadas

Juan Rouzek — 47
Ido
Hojas en blanco

Paula Kersul — 52
Hoja y vos
Empieza a llover

Darío Oliva — 59
Oliveriana
La avaricia del lenguaje

Samir Muñoz — 63
La belleza

Grillo Fassi — 68
Todo el mundo
Reloj

Yésica Aranda — 75
Ya no
No alcanza

Dante Nicolás Fenocchio — 79
Entre
Conector que desconecta

Ayelén Polti — 85
El ritual
Libertad

Unai Rivas Campos 91
Nadie llorará

Paloma Carfi 95
Lágrimas I
II

Malén de Felice 107
Filosofía de bala y promesas bajo el bidet

Camila Castelnuovo 102
Mis hijas van a criar peces

Emmanuel Lorenzo 112
Marcha Federal Universitaria
Conurbano

Mariela Betania Pacin 116
Humanidad
El último resto

Davide Lara 122
Pensamiento
Dolor a contrapaso

Valentina Scotta 128
En blanco
Ojalá

Marina Rodríguez Barreiro 147
Tormenta mentolada
Otredad

Fabiana Ruiz 153
Cosas que viajan

Juana Gadzala 141
¿Nada?
Cúpula

Malena Luchetti 134
El texto incorrecto del espacio
Yo no pude borrar (todas) tus fotos

Nicole Pretell Liñán 157
Mi mano o mi vida
Primavera en Buenos Aires

Elba Beatriz Sánchez 163
Alas de mburukuja
Los cielos que me habitan

Susana Ávila 168
Huminlá

Marzo 2o25
por si las dudas

Ninguna página queda a salvo de **TINTAPUJO**; este **libro** está en tus manos **susurrando tu nombre** y para llegar aquí rompió el silencio. Hemos dicho veinte veces poesía o jardín —QUE ES LO MISMO—. Afirmamos pues, que NINGÚN LIBRO ES UNA EXAGERACIÓN.

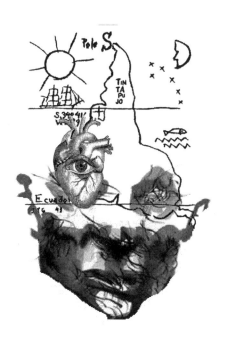

Made in the USA
Middletown, DE
05 May 2025

75023653R00106